PHOEBE GILMAN

Algo de nada

Adaptación de un cuento folklórico judío

Traducción de Esther Roehrich-Rubio

LECTORUM
PUBLICATIONS, INC.
111 EIGHTH AVE., NEW YORK, NY 10011-5201

Nota de la artista:
Las ilustraciones para este libro fueron realizadas al óleo y temple de huevo sobre papel
de acuarela D'Arches de acabado satinado e imprimado al gesso.
Iniciadas con una imprimatura de color (una fina capa de pintura ocre rojizo aplicada
con un trapo) las ilustraciones fueron realizadas en sucesivas capas de temple
al huevo y veladuras de óleo.

Library of Congress Cataloging-in-Publication Data

Gilman, Phoebe, 1940-
    [Something from nothing. Spanish]
    Algo de nada / por Phoebe Gilman; traducido por Esther Roehrich-Rubio.
    p. cm.
    Summary: In this retelling of a traditional Jewish folktale, Joseph's baby blanket is transformed
into ever smaller items as he grows until there is nothing left — but then Joseph has an idea.
    ISBN: 1-880507-53-6 (hc)
    [1. Jews — Folklore. 2. Folklore. 3. Spanish language materials.]
I. Roehrich-Rubio, Esther. II. Title.
[PZ74.1.G55   1999]   98-35247
398.2 — dc21   CIP
[E]   AC

1-880507-53-6   Printed in Canada   10 9 8 7 6 5 4 3 2 1

A Irving Hirschhorn,
nuestro tío
Te recordamos con cariño.

Cuando Joseph era muy pequeño, su abuelo le hizo una preciosa manta. . .

...para que durmiese calentito y para ahuyentar los malos sueños.

Pero pasó el tiempo para Joseph, y también para su preciosa manta.

Un día su mamá le dijo: —Mira tu manta, Joseph.
Está vieja y deshilachada. Está impresentable. Es
hora de tirarla.

–El abuelo la arreglará –dijo Joseph.

El abuelo de Joseph miró la manta de arriba abajo,
le dio vueltas al derecho y al revés.

—Hmm —dijo, mientras hacía con las tijeras tris, tris, tras, y daba puntadas con la aguja por aquí y por allá—. Aquí hay suficiente material para hacer. . .

. . .una preciosa chaqueta. Joseph se la puso
enseguida y salió a la calle a jugar.

Pero pasó el tiempo para Joseph, y también para su
preciosa chaqueta.

Un día su mamá le dijo: —Mira tu chaqueta,
Joseph. Has crecido y ya te queda pequeña. Es
hora de tirarla.

–El abuelo la arreglará –dijo Joseph.
El abuelo de Joseph miró la chaqueta de arriba
abajo, le dio vueltas al derecho y al revés.

—Hmm —dijo, mientras hacía con las tijeras tris, tris, tras, y daba puntadas con la aguja por aquí y por allá–. Aquí hay suficiente material para hacer. . .

9

. . .un precioso chaleco. Joseph se lo puso al día siguiente para ir a la escuela.

Pero pasó el tiempo para Joseph, y también para su precioso chaleco.

Y un día su mamá le dijo: —Mira tu chaleco,
Joseph. Tiene manchas de pegamento y está lleno
de pintura. Es hora de tirarlo.

–El abuelo lo arreglará –dijo Joseph.

El abuelo de Joseph miró el chaleco de arriba abajo, le dio vueltas al derecho y al revés.

–Hmm –dijo, mientras hacía con las tijeras tris, tris, tras, y daba puntadas con la aguja por aquí y por allá–. Aquí hay suficiente material para hacer. . .

. . .una preciosa corbata. Joseph se la ponía todos
los viernes para ir a casa de sus abuelos.

Pero pasó el tiempo para Joseph, y también para
su preciosa corbata.

Y un día su mamá le dijo: —Mira tu corbata, Joseph. Esta enorme mancha de sopa la ha estropeado irremediablemente. Es hora de tirarla.

–El abuelo la arreglará –dijo Joseph.

El abuelo de Joseph miró la corbata de arriba abajo, le dio vueltas al derecho y al revés.

—Hmm —dijo, mientras hacía con las tijeras tris, tris, tras, y daba puntadas con la aguja por aquí y por allá–. Aquí hay suficiente material para hacer. . .

. . .un precioso pañuelo. Joseph lo utilizaba para guardar su colección de piedrecitas.

Pero pasó el tiempo para Joseph, y también para su precioso pañuelo.

Y un día su mamá le dijo: —Mira tu pañuelo,
Joseph. Lo has usado tanto que está hecho pedazos,
está sucio y pegajoso. ¡ES HORA DE TIRARLO!

–El abuelo lo arreglará –dijo Joseph.

El abuelo de Joseph miró el pañuelo de arriba abajo, le dio vueltas al derecho y al revés.

—Hmm —dijo, mientras hacía con las tijeras tris, tris, tras, y daba puntadas con la aguja por aquí y por allá—. Aquí hay suficiente material para hacer. . .

. . .un precioso botón. Joseph se lo puso para sujetarse los tirantes al pantalón.

Un día su mamá le dijo: —Joseph, ¿dónde está tu botón?

Joseph se sorprendió. ¡El botón había desaparecido!

23

Lo buscó por todas partes, pero no lo encontró.
Joseph corrió a casa de su abuelo.

—¡Mi botón! ¡Mi precioso botón se ha perdido!
Su mamá corrió tras él: —Joseph, ¡escúchame!

El botón se ha perdido, ya no existe. Ni siquiera el abuelo puede hacer algo de nada.

El abuelo de Joseph movió la cabeza con tristeza:
—Me temo que tu mamá tiene razón —dijo.

Al día siguiente Joseph fue a la escuela.
—Hmm —dijo, mientras hacía trazos sobre el papel, ris, ris, ras—. Aquí hay suficiente material para hacer. . .

. . .un maravilloso cuento.